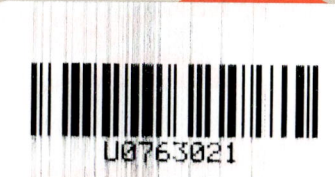

INDEX OF THE ACTS OF THE WIND

فهرس لأعمال الريح

风的作品之目录

〔叙利亚〕
阿多尼斯 著
Adonis

薛庆国 译

人民文学出版社

作者简介　阿多尼斯 أدونيس

1930年出生于叙利亚，1956年移居黎巴嫩，开始文学生涯。1980年代起在欧美讲学、写作，现定居巴黎。阿多尼斯是作品等身的诗人、思想家、文学理论家，在世界诗坛享有盛誉。他对诗歌现代化的积极倡导、对阿拉伯文化的深刻反思，都在阿拉伯文化界产生深远影响。迄今共发表二十八部诗集，并著有文学与文化论著、杂文集二十余部，还发表了许多重要的翻译、编纂类作品。

阿多尼斯曾荣获布鲁塞尔文学奖、马其顿金冠诗歌奖、法国让·马里奥外国文学奖、意大利格林扎纳·卡佛文学奖、德国歌德文学奖、金藏羚羊国际诗歌奖等数十项国际大奖。近年来，他一直是诺贝尔文学奖的热门人选。

北岛摄影

译者简介

薛庆国

北京外国语大学阿拉伯学院教授，博士生导师，中国阿拉伯文学研究会副会长。主要从事阿拉伯现代文学与文化的研究与翻译，著有《阿拉伯文学大花园》等五部著作，并有《我的孤独是一座花园》《在意义天际的写作》《来自巴勒斯坦的情人》《纪伯伦全集》等十余部译作。曾获卡塔尔国“谢赫哈马德翻译与国际谅解奖”。

著作权合同登记号　图字01－2019－5734

图书在版编目（CIP）数据

风的作品之目录／（叙利亚）阿多尼斯著；薛庆国译．—北京：人民文学出版社，2020
ISBN 978－7－02－016194－2

Ⅰ．①风…　Ⅱ．①阿…②薛…　Ⅲ．①诗集—叙利亚—现代　Ⅳ．①I376.25

中国版本图书馆CIP数据核字（2020）第063400号

责任编辑　陈　黎　张海香
装帧设计　陶　雷
责任校对　杨益民
责任印制　王重艺

出版发行　人民文学出版社
社　　址　北京市朝内大街166号
邮政编码　100705
网　　址　http://www. rw-cn. com

印　　刷　北京盛通印刷股份有限公司
经　　销　全国新华书店等

字　　数　22千字
开　　本　850毫米×1168毫米　1/32
印　　张　5.125　插页3
印　　数　1—8000
版　　次　2020年12月北京第1版
印　　次　2020年12月第1次印刷

书　　号　978-7-02-016194-2
定　　价　42.00元

如有印装质量问题，请与本社图书销售中心调换。电话：010－65233595

译者说明

《风的作品之目录》发表于1998年，出版后深受各国读者欢迎，已译成十多种语言出版。本译本是该诗集的首个中文全译本，包括十三首诗，译者根据叙利亚初始（Bida'ya't）出版社2006年第2版译出。

目录

身 体

你的身体是你道路上的玫瑰，
一朵同时凋零和绽放的玫瑰。

你是否曾经感到
早晨已容纳不了你的脚步？
那就表明，你已经醒来，
你的身体充满了爱。

浇灌着灵魂之源泉
最美而最纯净的雨，
降临自身体的乌云。

每一个清晨
都有无形的身体

向你张开儿童的怀抱。

她说：
身体是意义的初始。

灵魂最亲近的朋友 ——
光明；
身体最亲近的朋友 ——
影子。

爱情是身体，
它最钟爱的衣裳是夜晚。

我的身体是一些词语，
散落在我日子的簿册里。

“没有什么比我更加密实。”
身体说道，
“也没有什么比我更加透明。”

她说：
白昼是身体的殿堂，
夜晚是祭品。

他说：
她的身体不停地旅行，
在我身体的迷宫里。

他说：
对身体的欲望
是一种母语。

她说：
只有身体才能书写身体。

他说：
词语的天空
容纳不下身体的绚丽。

身体是一本书，

可以从头读到尾，
可以从尾读到头。

岁月 ——
在身体的平原驰骋的骏马。

他的梦想是飞鸟，
在他身体上方盘旋，
还在窃语：“天空真是狭窄！”

有时候，
为了赋予诗歌身体的色彩，
他抹去词语的色彩。

他 ——
依然没有张开身体迎接死亡，
难道因为他依然不懂得生命？

身体之书，
是欲望之字母表

最广阔、最高远的天空。

性是肚脐眼，
它让黑夜和白昼
成为同一具身体。

理智是累积，
身体是肇始。

身体，
同时是水仙花，
也是湖泊。

白昼的头颅，倚靠在夜的肩膀上

我把身份证号码，
写在风的胸膛，
却忘了签署我的名字。

时光不停地书写，
但只用水的手指署名。

声音——
词语墙壁上的窗户。

在我童年，
词语出自我们村庄的唇间，
仿佛那是一位孕妇。

在睡眠之前，
疲惫
经常背靠我的床榻，
以便阅读它的双脚。

我不是为了事物而书写，
也不书写它的关系，
或者借助它来书写 ——
我试图书写事物。

有许多我不喜欢的名词，
但我喜欢构成它们的字母。

我们村庄的树木都是女诗人，
把笔插进天空的墨水瓶。

风累了，
它把天空铺成毯子，
在上面伸展腰肢。

彩虹——
天空和尘埃，
合奏于同一根琴弦。

我如何向树木
解释果实的味道？
我如何向弓弦
解释弓的作用？

记忆是你的另一处居所，
可你无法居住其中，
除非寄身于
一具成为回忆的身体。

我的过错是一些工作和岁月，
不是一本书。

写作是树影，
我们在语言的沙漠借此遮荫。

从描画石头面孔的沉默中，
有时候，
我的话语发韧。

火焰也会阅读，
它以独特的方式阅读一切；
然而，它只会一种写作 ——
灰烬。

词语不只是房屋；
有时候，它是妻子，
更多的时候，它是情人。

我不去阅读玫瑰，
我阅读连接玫瑰和我的那座桥梁。

从墨水的光芒
和你沉默的火焰中，
觅得温暖吧！

欢乐是湖泊，
话语在湖面漂浮，
忧愁是它攀登的山峰。

天空书写了大地的往事，
却把其余留给大地完成：
啊，大地！ 你的苦难是多么漫长！

我的词语气恼地跳进海水，
当它听到我和岸陆交谈。

诗人最好的坟墓，
是他词语的天空。

玫瑰的语言是它的芬芳。

经常，
天际串通我的眼光，
和我的视觉作对。

最深刻的相会，
只有在某种黑暗中才能完成。
光明是一种离别？
或是离别的开端？

阴影不是阳光的对立面，
毋宁说，它是另一道光明。

我的双唇经常大笑，
但我的双脚从不停止哭泣。

天空也会哭泣，
但它用天际的手绢擦拭眼泪。

世界啊，我的要求过分吗 ——
请你把双手给我，
抚摸我的疲惫之额头？

有时候，我幻想：
河岸是一名囚犯，

由波浪看守。

你不会成为一盏灯，
除非你把夜扛在肩上。

或许光会把你误导；
不过，假如这真的发生了，
莫以为这是太阳的过错。

夜晚，
是那些我只有闭上眼睛
才能看见的事物之一。

光明有面孔却没有脏腑，
黑夜有脏腑却没有面孔。

心安理得的确信者啊，
你的天堂，
恰是我的地狱。

天空是悬空的坟墓，
架设于
人类气息的无形柱之上。

星星不知如何缝制自己的衣裳，
除非是用夜的衣针。

往昔是一条河流，
记忆的头颅
在水面孤独地漂浮。

光 ——
在夜的身体上滑动的手。

希望是无形之手，
在不停地缝补生命之衣裳，
绝望之手却不停地将它撕破。

玫瑰开始绽放，
同时开始凋零，

它的生命便是它的死亡。

有些船能在沙漠航行，
海市蜃楼的波浪无法承载。

我犯下的每一个过错，
都是为了向太阳的无辜致意。

在田野里，
玫瑰以相会的眼神注视你；
在花瓶里，
玫瑰以离别的眼神注视你。

时光 ——
永恒台阶上的拐杖。

生命，为死亡着装，
死亡，脱下生命的衣裳。

幽深之处有灯塔，

但它只导向海洋。

语言，
在揭示的同时也在遮蔽。

从你写作之路的最后一站，
你的第一首诗篇启程。

青草阅读大地，
大地写就青草。

通常，
抵达不是行进，
行进也并非抵达。

“无”长着奇特的耳朵，
能聆听“有”的音乐。

白杨树是宣礼塔，
空气是宣礼员吗？

翅膀只会
和天际对话。

风是永恒的旅行，
它不会抵达，
它的路途没有终点。

就连天空，
也算错了风吹刮的距离。

风有着尘土的谦卑，
却也有天空的荣耀。

手牵着手，
空气和天空一起流浪。

叶子从树上掉落，
如同耳环
从风的耳朵上掉落。

风——
我们称之为“天空”的那个儿童玩耍的秋千。

我在风口熬夜，
以便能够独自入眠。

没有哪一只手，
能够编起风的发辫。

不，
我决不会和风签订和约。

请允许我，空气，
在你身上试验我的癖好。

风——
同时是殓衣和床榻。

我们的东方疲惫了，

我看它犹如麦穗弯下了腰。
神灵之风啊，在它的上空
甩起你的发辫吧！

诗啊，给我盖上被子，
我的太阳寒冷，
风是我的床衾。

天空留下的书写，
徒劳地，试图抗拒风的擦拭。

透过我房门和窗户的缝隙，
脚步声传来；
并非来自白昼或黑夜，
那是一位永远行走的女子的脚步；
她不会衰老，不会歇息和睡觉，
她的名字是风。

我知道我的语气，
有时候充满敬意，

不过那是献给风的敬意；
因为风只给我们带来
疑虑的信息，
确信的使徒。

茉莉花树，
解下芳香编织的纱巾，
把它披在风的肩头。

闪电击中我的房间，
它在屋里只发现 ——
飞舞的纸片，
在赞美惊雷和风。

每一个早晨，
太阳携带着它的大地女童
在环游宇宙。

照亮我的那道光，
依然处于童年。

我们村子的白昼在幻想:
它手持镰刀
收割夜晚之田野。

日落时分，在我家前方，
天际，像是太阳脖子上的围巾。

借用光的手，
我们的村庄给自己洗脸。

我将不停地追求这个目标 ——
在黎明的顶峰屹立。

不单单是黑暗将我误导，
光明有时也将我误导。

我知道，
在我的记忆中留存的
只有灰尘，

它将在灰尘的记忆里留存。

墨汁，
祝福纸张的磨难；
纸张，
祝福墨汁的磨难。

美丽的女巫，
在你的沙砾上
随心所欲地书写沙的命运！
可是，请求你，
用你描画眼圈的粉墨
为它着色。

品味是身体，
它穿的衣服是自然。

无论黑暗怎么学习，
它都无法阅读光明。

你应该记住：
秋天只有过完了暑假，
才会来到你的面前。

表皮不知道，
它就是内核，
只有一个例外 —— 灰尘。

我曾抓住太阳的脚踝，
当它从床上起身的时候 ——
那是我童年最美好的瞬间。

用语言我们哀悼事物，
用什么我们哀悼语言？

仅仅做梦是不够的，
你还应该知道
如何为梦想打造床榻。

芳香费尽力气，

只为离开花蕾。
是否因此，它一去不回？

我有时仿效黑夜，
只为更好地栖于光的城池。

女人 ——
她的芳香令空气的身材变得颀长。

请张开怀抱 ——
我想看看，
我的记忆是如何
辗转其间。

即使是太阳自己，
也只能照亮接受光明的事物。

时光是硕大的盘子，
其中盛满泪水。

好吧，
你尽管上升，
去追逐你在天空身体上的星辰；
为追逐我在女人身体上的星辰，
我现在就要下坠。

女人向我走来 —— 以深渊的形式，
她成就了我的一个巅峰。

玫瑰的沉默是呼唤，
听见它的不是耳朵，是眼睛。

空气是一位骑士，
它最快的坐骑是灰尘。

你是对的，蝙蝠啊！
—— 黑暗是一种安逸，
光明是一种折磨。

最残酷最痛苦的监狱，

是没有四壁的。

如果时光也有意义，
那便存在于云中。

我的沉默高于海浪，
我能对大海说些什么？

世界越过我们，
也带着我们渡越。
世界重如大地，
轻如翅翼。

人们会说：这个人疯了 ——
如果他坚称：我在街上
只看到被称为脚步的窗户。

就连太阳的血，
在夜晚的罐子里也变成黑色。

云彩，常常成功地画出
天空的版图，
星星何时也能成功？

寒冷，
而我身处太阳的怀抱。

多么美妙的一幕 ——
当你看到空气
为黎明时分尚未起床的玫瑰
解开衣襟！

为什么，白昼的纸张，
容纳不下夜晚的墨水？

我尚未能说服时光
和我一起
掷出它的绿色骰子。

旅行教会我

阅读云彩之手
绘制的时光。

在旅行中我听到一些声音，
只有话语童年的博物馆
才盛纳得下。

昨天，夜晚徒步将我造访，
似乎它不愿搭乘
星星乘坐的列车。

在旅行中，只有语言
是这寒冷的世上御寒的被毯。
语言，是布满窟窿的被毯。

岸陆同意成为
波浪的港口，
因为波浪乃是
远去的岸陆。

太阳啊，请让我成熟；
夜晚啊，请将我采撷。

好的，我将垂下房间的窗帘 ——
你有什么要告诉我的，
爱情？

爱情就是一切，
但是仅有它还不够。

我来自东方，
那么你是谁，你想做什么？
啊，暧昧的父亲！

世界仍然是个儿童；
啊，明天，起来吧，
把它放进童床！

词语 ——
只有在朦胧的怀抱里

才会绽放的蓓蕾。

我父亲是个农民，
他爱诗写诗，
但他只爱阅读
头顶一块面包的诗篇。

在我岁月的丛林
留下的，
只有风的领地。

风，没有衣裳；
时间，没有居所；
它们是拥有全世界的两个穷人。

我看到黎明
改写了序诗，
在它阅读了太阳的诗章后。

或许，

语言的汪洋，
隐身于静默的浪花里。

石头与翅膀，
在诗歌的子宫里
是孪生兄弟。

芳香，
是一首没有歌词的歌曲。

我有一片天空，
但我只见它
呈现为大地的形状。

星星——
天空衬衣上的纽扣。

天空的词语，
在所有的词语中，
离大地最远，

也跟大地最近。

你的意义，
在于你成为形式。

天空是一间房子，
它的房门，
太阳用脸庞打开，
夜晚用大腿打开。

我不愿和天空相提并论，
天空自己
也不愿和泥土相提并论。

如果一定要有忧伤，
那就告诉你的忧伤：
让它永远捧着一束玫瑰。

玫瑰旅行，
去往的最美所在，

是眼睛的疆域。

为了理解飞鸟，
我们应该阅读石头。

梦想也会长大，
不过是朝着童年的方向。

梦是一匹马，
它驻留原地，
却驮载我们远行。

风不停地言说，
却从不要求任何人聆听。

我在风口不眠，
以便能够清醒地
聆听风
读出事物的音符。

夜晚倚靠在
花园的腰间;
它是否梦见了
一张献给芳香的床榻?

云彩 ——
天空的睫毛。

一劳永逸地,
森林砸碎了它的门户,
并把事务托付给风。

宇宙,
被风拖曳。

灰尘只有一件衣裳,
却被万物穿在身上。

雷电啊! 你做得对 ——
你背对天空,

却把脸朝向我！

云朵没有
哭泣之外的历史。

我曾种下一棵树，
它已把我遗忘。

玫瑰，在忧伤时是一个角落，
在欢乐时是一盏青灯。

我如何掌控
我的忧伤的天空——
我在其中拥有的
只是云的意志？

光明从不要求也不索取，
它永远在奉献。

飞蛾闯入光的居室，

它躺倒在火焰中，
在火的齿间
死去。

光明啊，
无意中你竟犯下许多罪过。

诗歌，
是注入你肺腑的金丹，
永远来自另一个时光。

记忆，即使是平和的记忆，
也是一团火。

为什么，精神
只能在物质的床榻上入睡？

云彩——
漂浮于空中的河流。

不要忘记：
当你每天早晨醒来，
去握一下
光明向你伸出的手。

没有睡眠的头颅，
如何去向梦致歉？

宇宙生了锈斑，
唯有自由才能把它擦亮。

云彩是一只水罐，
最美的时候便是它破碎时。

夜晚，在恋爱中，
是个双数词[1]。

---

① 阿拉伯语的名词，从数的变化来说分为单数、双数和复数，双数名词用来表示两个人或两件事物。

大地，
只会用天空的泪水洗濯身体，
但这不是爱。

将白昼的头颅，
倚靠在夜的肩膀上，
这是梦
每天交给我的
美丽的差事。

雨

雨天。星期六。普林斯顿的街道只有汽车和少许行人。有的人打着伞，有的人似乎不愿拦截这从天而降的礼物。

有几位工人，是西班牙人和墨西哥人的肤色，另有几位是黑人。大多数店铺还在睡觉。

在普林斯顿大学给我安排的办公室楼下，一位女子在走路。我路过时，她冲我一笑，或许是想说：“我还年轻呢”，或许是向我这个陌生的路人致意。我们分享着雨，都被纳入雨的怀抱。

女子啊，我听到了雨对你道出的话语！

雨的脚步，

正是它通往死亡的路途。

那么，晴日，请不要责怪，
如果我告诉雨丝：
下吧，持续不断地
把我的身体淋透！

如果你愿意，
雨可以为你
示范一种
高贵而美丽的坠落。

一阵狂风
吹过雨的绳索，
它的颈项，
挂着一长串
树叶和草秸的项链。

我看到雨，
用它的步伐
抹去我的足迹。

雨是梦?
是我的身体喜欢在它的床上辗转的梦吗?

在我看来,
这里的雨拥有许多舟船,
连接起岁月之岸。

雨把太阳
邀入梦的房间,
为它盖上
也是梦的肢体的云朵。

树木,
在雨的被褥下,
是搁在露天的床榻。

现在我知道:
忧伤是怎样将它的火炭,
掖藏在雨的被褥下。

我似乎觉得
雨中有许多奇怪的鸟，
它们为了赴死，
离开了鸟巢。

没有什么形状
属于这具有着迷人外形的身躯 ——
雨。

雨啊，此刻的你是多么残忍！
你的丝线，
如同绞索从高空垂下，
上面耷拉着风的尸体。

雨的身体，
枕着你的怀抱 ——
这是多么奢华的欲望！

雨啊，在我眼睫之平原驰骋的白马：
去唤醒，去唤醒

在那里沉睡的马群！

树弯下了腰，
也许是想看清
雨写在树脚下的信件。

雨，
教授田野
如何书写青草。

雨，
落在我日子的火炭上，
使它更为炽烈。

乌云将雨的水罐倾倒完毕，
而后飘然远去；
然而树枝
依然没有停止哭泣。

晴日：

一些声音，
仿佛从树木的气息中升起。

晴日：
天空之嘴凑近大地耳畔，
我几乎能听到双方的对话。

晴日对你说：
请把白昼的绒毛，
覆盖于夜的枕头。

阳光走出闺阁，
开始戏耍路旁的青草。

雨啊，你干得漂亮！
倾泻吧，倾泻吧，
我不会求你停下，
不会发出
期待晴日的任何声响。

"你缺少的不是晴日，"
雨说道，
"而是其中的光辉。"

树木，
脱去了衬衫，
为了向裸露的雨致敬。

在雨和晴日之间
有一段时光，
犹如一道爱恋的伤口，
流血不止。

晴日——
树木在用阳光擦干身子，
植物在梳头，
每一颗石子都是一面镜子。

雨属于泥土；
属于我的，

是两者尊贵的混合体。

晴日——
光端坐于树的怀抱，
在为树枝翻译
太阳的话语。

记忆——
来自何方？又如何前来？
在晴日和雨之间，
它犹如雪。

雨停了，
早晨在床上打着哈欠，
一只松鼠来到我家门前，
它向哈丽黛[1]索要早餐
以便向晴日致敬。

① 哈丽黛：阿多尼斯的夫人。

雨：

“什么是傍晚？”

晴日：

“黑夜居室的门。”

晴日：

“什么是影子？”

雨：

“身体的另一个身体。”

晴日：

“什么是泥土？”

雨：

“万物共同的居所。”

晴日：

“什么是水？”

雨：

“植物童年的床。”

晴日:

“什么是雷电?”

雨:

“乌云家中的骚乱。”

晴日:

“什么是雪?”

雨:

“乌云的暮年。”

晴日:

“什么是森林?”

雨:

“离我最近的枕头。”

雨:

“什么是镜子?”

晴日:

“注视眼睛的眼睛。”

晴日：
“什么是源泉？”
雨：
“一具朦胧的身体，
只能映照出自己的脸庞。”

哦！
似乎晴日
正在准备一次远行。
晴日啊，走吧，走吧，
你已没有
可以让我分享的光芒；
我也不愿
拿我的夜晚与你分享。

（普林斯顿，1996年12月）

印第安人的喉咙

一

在我的肺腑内
有一个
黑夜无法容纳的黑夜。

卡内基湖 ——
在水中漂浮的一棵红树。

他们犁地，播种，
但收获的只是秸秆。

学校 ——
已无法出声，

除非是借助监狱或马厩的
嘴唇。

洪水 ——
我是否要随之
前往上帝的精魂
曾经鼓荡的所在？

我住的那条大街
种了许多树木；
聪明的乌鸦
看上紧贴我卧室的一棵雪松；
它在树顶就座，
有时做着训诫，
有时只是呱呱地鸣叫，
看来，它把这棵树称为“不眠树”。

朋友，我们友谊的星辰
又一次，
在灰烬的银河里找到位置。

每一次缺席，
都有更好的在场做补偿，
或者犹如烛光弥补太阳。

从群星掉落的光的泡沫，
从汪洋升起的水的泡沫，
是两个敌对的兄弟 ——
共乳，
偕老，
一起永恒。

我行走 ——
一只脚踩在灰烬里，
一只脚踩在时光的边缘。

慵懒的泥土，
却在吞噬我的步伐。

街道，
以行人的脚步为食粮。

在我住处附近的学校里，
在那光明为树木兴建的学校，
风这位老师，
只愿在红色的椅子上就座。

是的，光明，
我将与你同行，
直到路的尽头。

雪只有一个梦想 ——
成为太阳的君王。

当风刮起的时候，
梧桐树
便长了印第安人的喉咙。

我游戏过，

但是，
我尚未赢得风。

（普林斯顿，1996年9月）

二

青草铺开一张毯子，
开始在上面起舞。

雨，
用松鼠的尾巴
擦拭双手。

雨——
乌云搭建的最高的哭墙。

水手的身后
长着尾巴，
那是截下的

雨的衣裳。

普林斯顿秋天的树木每次醒来，
它床上
都躺着一位红色的天使。

我认为
云彩长着眼睛，
但它不在乎树的颜色。

野鸽子，
把头缩在翅膀里，
它是在回忆？ 在梦想？
或是在为拥抱它的梧桐树
编织另一件衣裳，
让树配得上
和它交谈的清风？

有一些幻象，
只有在睡眠时才离开我，

难道不需要为这例外
创造一个规则?

这是第一次,
我见到一些树
厌倦了在空气中旅行。

黎明赶在我之前
搭起了梯子,
开始登上
靠近我卧室的雪松。

黎明的话语,
不会是第二、第三和最终,
黎明只道出最初的话语。

我的愤怒,
不羁而高傲,
它只针对配得上的猎物 ——
我的作品,我的言论。

地平线，
犹如一位角斗士，
只和风交手。

去偏袒云彩，
如果你一定要有所偏袒。

他追随太阳
无论身在何方，
但他只钟爱
站在夜的门槛的太阳。

他的幻想里有几匹骏马，
只愿驰骋于黄昏的花园。

他近来顾不上睡觉，
移情于在他怀里辗转的天际；
可是，这天际是多么冷酷；
可是，这冷酷是多么美妙！

光明啊，他是否应该
追随你的登天之旅？
可是，去往何处？
直到何时？

这一幕，经常会发生——
黑暗把爪子
插进光明的身体。

你的话语是否会改变你自己？
否则，你怎么能说它会改变别人？

（1996年10月，普林斯顿）

三

1996年11月11日。时间是形式的太阳，意义的冰霜。我感到内心的冰霜更甚于外部。女儿尼娜的告别，让我加深了这一感受。她回到巴黎，却把脚步的幻影留在纽约。于我，她意味着一座城市内部的城市。

纽约[1] ——
允诺的天堂依然虚空，
地狱不曾吃饱，
而且欲壑难填。

一无所惧的人，
如何能成为勇者？

纽约 ——
水泥也有丝绸的臂膀，
天使们
或许住在摩天大楼的上方。

我行走，

① 原诗注：距我首次访问纽约，已有25年之久。

我摸着脑袋，
以便确定
它依然长在脖子上。

纽约——
皮毛是另一种根蒂，
天空中有一种恐惧，
在命令教堂哭泣、街道呻吟，
仿佛时间抓起了我的双手，
要去掐死几只白鸟。

冰霜——
尽管太阳编扎了光线，
把它披在楼宇头上。
冰霜——
秋天的羽毛只擅长描绘裸露。
冰霜——
仿佛时间
自太阳的双脚间
自太空高处的一个蓝色楼阁

垂下。

树木如同母亲，
树叶掉落，像一个个孩子。
这纤柔的、还有动静的物质
怀着多么独特的忧伤 ——
当树叶撒落于
大地的表面。

乌云缓慢移动，
在人的头颅之上，
在树木的枝梢之上。
风儿系统中的一个差错将我唤醒，
风，从我卧室的窗户飘进；
而夜晚，
尚未允许黎明从窗户进来。
白日啊，你这个绿色的罪犯，
梦对你做错了什么，你要将它诛杀？

我在普林斯顿写作的墨水，

由树木的手指调制；
我用以写作的，
不是落叶的呻吟，
而是落叶的色彩缤纷。

黑色的石碑①
被鲜花围绕，
白色、红色、紫色的花；
仿佛花儿都愿改变颜色，
进入石碑的黑色。

真的，
道路、树木和咖啡馆，
都长着大腿，

① 原诗注：黑石碑为纪念马丁·路德·金而立，位于普林斯顿教堂前方，在拿骚大街一侧黑人社区附近一个巴掌大的花园里。在我前去的那一刻，天空穿着一件破碎的衣衫，白昼几乎要在雨的床上入眠。光影婆娑的石碑上镌刻着：“我梦想有一天，这个国家会站立起来，真正实现其信条的真谛——马丁·路德·金，1929年出生，1968年遇害。”

只有恋人的眼睛才能看见。

（1996年11月，普林斯顿）

四

（一位印第安人的日记摘抄）

曾经屠宰你的那只手，
怎能治疗你的创伤？

泥土是我最亲近的朋友，
我将永远与它一起战斗。

不，我们没有死去，
死亡，在我们这里，
是另一个印第安战士的
另一个名字。

我前方，
只有踪迹没有道路，

只有我的先人留下的踪迹。

风啊，把我带到
我诞生的那个帐篷吧！

我的忧伤藏匿于天际，
在猎鹰的翅间；
除了你，还有谁认识我？
啊，天际！

这里，在这十字路口，
我将等待我的人民，
等他们从山脉和溪涧旁站起。

只有在风的面前，
我才心旷神怡。

白桦花还记得我吗？
已有很久，
启明星的灵魂没有造访我，

我预料今夜它会来临。

你的宝座是绿色的，
红色的太阳啊，我的女友！

我不知如何控制我的干渴，
它想要让水猛吃一惊。

印第安人的忧伤，
在绘制科罗拉多的脸。
永恒，是这张脸的第二个名字。

我承认：
作为来自旷野的儿子，
华尔街让我吃惊 ——
那是处决天际的电椅，
那是光明喉咙里的癌症。

这是什么样的时间？
骰子，

但并不握在群星的手中。

黎明，
仿佛浸泡在沙漠的津液中。

瞧那猎鹰，
山峦的王子，
正在点燃草原的火焰。

天穹上只需凿一个洞，
就足以让神灵谷仓里的麦子
降临大地。

山谷飘起的袅袅炊烟 ——
一群路过的野鹿。

现在，我想在大脑和理智之间
播下分歧，
让我的身体
成为仲裁。

你呢，我的忧伤，
带上你驾驭过的我的马匹
去做一次旅行吧，
丢下我，
让我小睡片刻。

（1996年11月，普林斯顿）

五

（和沃尔特·惠特曼的对话）

纸张制成的桥梁，
桥下是泥浆。

在天上，群星之间，
是猴子和公牛；
在地上，书报之间，
是尸体和废墟。

我如何用时光之羽，

刻画在永恒台阶上
爬上爬下的死神的细节？
在那台阶上，
我看到月亮
在为夜色梳头，
也看到夜色在为月亮梳头。

惠特曼，
把你的头靠在桌上，
去凝思虚空；
就这么靠着，
直到有人把你赶走。

已逝的沃尔特·惠特曼
是唯一配得上爱的人物；
可是，对于那不会逝去的
我们怎么办？

去寻找，
去寻找一块合适的土地，

用于播种盐
和麋鹿的角。

现在你或许知道:
它的身体不过是一只水盆,
它的日子不过是泪水涟涟 ——
我谈的是自由,
我正在抚摸它的雕像。

“我拥有的只是呻吟,
我能献出的只有锁链。”
在纽约的水泥地上爬行的时间
如是说。

惠特曼!
是的,照亮你行进的太阳
已经死去。

惠特曼!
是谁跟你说:

树枝导向空气？
是谁跟你说：
伤口只会导向病床？

惠特曼！
沥青在用儿童的口水
涂抹伤口。
看哪，这便是纽约：
一位饕餮，
随时在世界的花园
铺张筵席；
哈德逊河为它礼赞，
时间成了它手持的长笛。

这个时代真是奇怪 ——
依然在询问石头
对于鸟的翅膀有何见解。

惠特曼！
为什么，我走过那条街时，

它成了蝎子的形状?
难道因为我迈着农民的脚步?

真的，在这里也一样，
人都待在坟墓里，
活着的只有神灵。

时代啊，
请把你的雪替我留下，
并且道一声：
阿拉伯人，
以此，我垂青于你！

百老汇，时代广场 ——
历史是有毒的空气；
时代广场，百老汇 ——
空气是有毒的历史。

泪水充满了我的眼眶，
以便让我

再一次
看清楚纽约。

纽约 ——
在它的腋毛下，
时代的尸体在伸着懒腰。

倘若我跨越了这片沙漠，
将会听到大洋的消息。
你呀，大地
在我肺腑中不眠的大地，
你如此的耐力来自何处？

（1996年12月，普林斯顿）

时光的皱纹

一

（田野）

风刮来，
腋下夹着一本天空之书。

他爱风，理由有许多
他只列举了两个：
1. 不用去区分
风的形式和意义；
2. 通过风，
他了解了诗歌之光芒
将他导向的深渊之深度。

那个无形而朦胧的家伙，
扛着一面风的旗帜，
正从远方袭来。

天空皱着眉头，
因为风没有告诉它
将在何时、何处放下行囊。

太阳告诉阳光：
请抓住风的绳索，
以便稳稳地
在树梢起舞。

风远去，
背后留下
时光的大军。

时光 ——
风手持的擦子。

时光，
收集人类的泪水，
将它蓄满风的谷仓。

我几乎要相信
石头乃是风的初始。

风对我强调
夜晚有着另一张面孔。
我不能确定 ——
那是你？
还是我？

风，
用同一种颜色
缝制了同一件衣裳，
献给宇宙的家属。

风启程，
搭乘树木和植物的舟船，

万物随之出行，
它们不知将要流浪还是观光。
远和近混为一体，
夜与昼模糊不清，
岸陆在摇动，
只有偶然才是停泊的港口。

风是道路。
在这条路上，
灰尘更换了衣衫，
乌云穿上了远行的皮袄。

天际的身材是一面镜子，
风揽镜自赏，
为飘逸的长发得意洋洋。

弯腰的小树，把头夹在两臂之间，
颤抖的鸟儿，
飞行的门，
不盖被褥入睡的窗户，

花瓣散落的玫瑰树 ——
这些，是傍晚书页中的几处标点，
由风之笔
留在我家门前。

从风的肩头，
距离的铃铛垂下；
在它面前，
青草的儿童做着游戏。

风，用它的睫毛，
抚平时光的皱纹。

把所有财产
都托付给风的那位，
怎么不会浪迹天涯？

风开口了，
但不落言筌：
万物的蜃景

呈现于意义的沙漠。

风，
紧抓住我的手，
和我十指相扣。

日子——
风耕种的田野。

二
（星星和它的宾客）

风刮来，
形式的大门紧闭，
意义的大门洞开。

在风的面前，
尘土拒绝祷告，
除非是为启程而做祈祷。

为什么，即使在风中，
光也要藏身于
曲折的道路？

我忘不了风的面容 ——
前天，它叩响我家大门，
把头靠在门上，
把所有行囊都卸在门槛；
它的面孔是绿色的，
而它的肩头
还顶着破碎的天际。
夜晚，自从听到风的敲门声，
就走进我家的木材和铁器中，
走进书本和纸张里，
走进床榻，
被褥
和身体。

风的列车尚未启动，
车上坐满了乘客，

他们几乎忘了自己的姓名，
要去做一次无名的漂泊。

风搭起了帐篷，
搭在田野的怀抱，
青草是摇动的枕头，
植物的舞蹈多么美妙，
树的脖子多么颀长！

为什么我不喜欢去握
不和风握手的手？

风教导他：
要把自己的影子
当作另一个自己相处。

就连天空
也在抓住风的绳索。

风，

同时是面孔
和面具。

风不会遇见
如我岁月丛林里的树枝那样
为它鼓掌的树枝。

风中的一个声音说:
它就是你!

如何能让她相信他的爱情
—— 他和爱情一样
都已落入风的股掌?

风 ——
所有的元素
都在其中融为一体,
所有的生命都是同一排浪。

风吹来,

它不再愿意
去往
星辰今晚为它们的宾客
敞开的大殿。

三
（树木，为喘息的天空撰写历史）

风：
飞舞的树叶啊，
那从树的喉咙升腾起的歌，
向你倾诉什么？

大地遍布
太阳之手已经遗忘的伤口，
唯有风之手
为它们贴上药膏。

太阳长长的爪子
挠破了风的脸。

人们不懂，
其实风
也是一件作品。

风——
只有赤着脚
才会行走。

只有靠在风的枕头上
我才会真正地阅读
自己的时光。

昨天，我希望
能够错过风的列车。

风——
一串灰尘的项链，
挂在天空的颈项。

风，
把双手放在天际额头，
天际身披云的衣裳，
汗流满面。

太阳来到风的居所，
在门槛前站立，
不知如何敲门。

风不知道
如何计数自己下榻宫殿的台阶。

在风的面前，
天际
几乎在鞠躬行礼。

玩耍的儿童，
戴上了一副
风的面具。

天际 ——
如同一个新生儿,
从风的子宫降生。

不要熄灭,
夜晚的风啊!
黎明的灯盏尚未点燃。

有时候,
风邀请我来到它的楼阁,
让我从阳台上
观察它如何拓展空虚的疆域。

风和尘土
亲如手足。

他的伤口有许多秘密,
风的吉他
不知如何将它们演绎。

天空和尘埃
用任何语言都无法和解，
只有在风中才是例外。

我是谁？
我的足迹
为何要让风的眼睛看到？
尽管如此，
我要用风无法遮蔽的太阳，
覆盖我行走的脚步。

风合上眼帘睡去，
树木
在为喘息的天空
撰写历史。

四

（远去的童年的风琴）

太阳、雪、风，

出现在同一个瞬间。
有人说：大自然就这么简单！

风患了不育症，
它的床榻发誓：
未曾沾上一滴
风的精液。

你如何剪去
风的爪子？

风在拨弄着
远去的童年的风琴。

鼓荡于风的翅膀上，
这些蓝色的精灵
来自何方？

但愿我能看到一滴
从风的眼里掉下的泪珠；

我以前曾见过风的头发和双乳，
还有紫色的火焰，
拥抱着风的腰肢。

风和我，我们相遇，
就这么一瞬间，
它几乎忘了
把手从我的手中抽出。

风，
张开翅膀，
把我的身体当作枕席。

不，风啊，
你没有足够的肢体，
无法将我的云彩尽纳入怀。

（1997年3月，普林斯顿）

哈勒姆[1]之行

一

1997年元月，星期五。白昼放出了所有的鱼儿，让它们跟往常一样，在苦难的汪洋遨游。太阳已经醒来，但依然半睡半醒地待在床上，打着哈欠，伸着懒腰，有气无力地和寒冷的大军搏斗。

沙漠里栖满了受伤的鸟儿。但是，这些鸟儿没有翅膀和羽毛，只有绒毛。

我如何说服我的眼睫，让它接受这纷乱的人类的尘埃？

必须要有火的队列，猎物和异象将为你做证。

---

① 哈勒姆（Harlem）：纽约的一个黑人社区，是美国非洲文化的中心。

时间 ——
有些身体在它的绳索上摇摆,
有些身体在它的庭院起舞;
然而时间本身
似乎在独自摇摆,
独自起舞。

灰暗的天空,
蕴蓄着乌云,
蕴蓄着雷电。

愤怒的青草
凌驾于
教堂的尖顶和高耸的楼群之上。

窗户 ——
破碎的笛子。

在我看来,无论我前往何处,都有以下地图将
　我包围:

1. 天空的卫士，
你最好将记忆中的蛛网清除。
2. 床，是家庭的和平。
3. 物质的长椅
位于虚荣的
纪念碑的星云之上。
4. 从孤单的化学里
合群之液滴落。
5. 请把天空置于
烈火之上的一口大锅里。
6. 只有偏离正道，
你才能保持正直。
7. 你争斗的只是你自己，
大地容得下所有人，
权力是动物之始。
8. 确定猎物的位置，
然后向天祈祷，
以便布下罗网。
9. 那你到底是谁？
—— 我有许多名字，

我也不知哪一个是我。

福音音乐——
天空的身体，
和大地的身体，
在点燃童年之灯的节奏中相拥。

耶稣——
一块音乐的面包。

哈勒姆——
将要升起的月亮弹奏的吉他。

哈密尔顿露台：
一位黑人女子——
用光的嘴巴说话；
另一位黑人女子——
唤醒了在她唇间睡眠的吻；
第三位黑人女子——
黑檀木的夜晚。

历史 ——
光，在戏弄楼群的身体；
往昔，在为高柱染色。

乔治·华盛顿！
请低下头颅，
它将要撞到伤口的顶部。

红色的闪电
是否真的
藏身于黑皮肤之下？

乔治·华盛顿：
只有风
在称量山脉。

灵魂料理① ——

---

① 灵魂料理（Soul Food）：一种以煎炸为主的菜，是美国非洲裔居民的传统菜式。

唤醒你的童年，
让你知道
如何用音乐之手吃饭。

艾灵顿公爵、保罗·罗宾逊① ——
风中玫瑰的
另一幅地图。

糖山② ——
色彩的大军
驻扎于欲望的营地，
骏马驰骋于想象力的群山。

125大街 ——
幻影行走，
腋下夹着历史的臂膀；
身躯

① 艾灵顿公爵、保罗·罗宾逊：两人均为纽约著名的音乐家。
② 糖山（Sugar Hill）：位于哈勒姆的一个街区。

比墙壁更加高大。

阿波罗剧场 ——
舞台让人们和群星汇聚一处,
遮蔽在阅读裸露。

哈勒姆:
黑颜色的手
正造就未来之手,
一些道路正在描画。
我谈论未来的第一个话题
将围绕你而展开。

二

大地上的黑色干渴,
它和水的无穷之间
只有一丝白色线缕。

你的收获

为什么背叛了我们?
啊，古老的镰刀!

罗网——
有时捕获的是天空，
捕获更多的是人类。

哈勒姆——
许多市场，
在推销贩卖云朵的生意。

哈勒姆:
这个时代是灰烬，
但是，我只愿师从火焰。

哈勒姆:
我的身体是丛林，
我的日子是群山，
我怎能不把风披戴在身?

哈勒姆:
路易斯·阿姆斯特朗①
从空气的喉咙里,
呜咽着升起。

是的,
生命唇间吹响的一管小笛,
也能证明
死亡敲响的沉默之鼓的虚妄。

哈勒姆:
事物用它的废墟和你交谈,
咖啡馆是一个秘密的乳房。

时间和黑色
开始了合二为一的步伐。
哈勒姆:
请守护这样的节奏,

① 美国著名黑人歌手。

请为之耕耘。

（纽约，1997年1月4日）

雪之躯的边界

一

普林斯顿的雪。1996年12月20日。

我第一次在此看到自己的脚印。

移动的遗迹。耀眼的阳光把遗址抹去。

小鸟在啄食我放在门槛上为松鼠准备的早餐，

哈丽黛每天都给松鼠备好这样的早餐。

火焰和我，我们之间的秘密，

被雪公之于众。

雪有各种形态，

如同朦胧之鸟长着多个翅膀。

时光踉踉跄跄，
仿佛和雪一起飘落。

雪露出牙齿，
笑个不停。

雪——
死亡的白色的名字。

今天早晨雪做得漂亮——
它的静默战胜了风的喧嚣。

雪为大地扣上衣襟，
同时解开了天空的衣衫。

我认为：雪啊，
我比火
离你更远，
却比水

距你更近。

二

雪——
我在其中看到闪电
在学习如何欺骗乌云。

记忆——
只有在它的面前,
雪才会宽衣解带。

雪——
就连乌云,
也不知如何将它阅读。

去注视雪,
你们看到的,
是永远在融化的生灵。

雪 ——
是对雨的禁锢，
还是对云的解放？

雪，
正是它教授我们
如何同它搏斗 ——
这恰是强者的禀赋。

今天，我握了一下雪的手，
我感到了雪的温暖。

雪，
如同由疲惫拖拽的
没有尽头的车队。

今天，天空的身材
显得苗条而修长，
因为雪为它解下了
乌云的腰带。

雪啊，
那是你的手，
正在书写
水的篇章？

看哪：
雪的身体
倒在路上，
上面布满了伤口一般的窟窿。

我仿佛听到
小草的心脏
在雪的身躯下
呻吟。

银妆素裹的一棵树，
是一间高高的书斋，
其中只摆着
白色的笔。

一块石头 ——
白发苍苍的头颅，
疲惫地，
搭在雪的肩头。

雪说道：
“我向阴柔的万物承认：
我给它们平添了
年迈的模样；
我承认，并且致歉。”

（普林斯顿，1996年12月20日）

夏天

一

很久以前，
我把一匹骏马放养在谷穗间我的梦中，
我知道马儿还在我原先放养的地方。
时光是在静止中运动的箭，
正如我们的邻居埃利亚人芝诺[1]所言。
童年长着会飞的翅膀，
却飞不出你的手掌，
正如诗歌所言。
可是，我已不知道怎样才能找到那匹骏马。

① 芝诺（约公元前490—公元前425）：诞生于古希腊城邦埃利亚（今意大利南部）的著名哲学家、数学家。其有关运动的四个悖论对后世辩证法的发展起过重要作用。

我仿佛觉得，苹果树下坐着另一个牛顿。
他发现了另一种万有引力的原理：
1. 一朵花越过了植物的边际。
2. 光的舟楫，只能载下儿童。
3. 田野在哭泣，并用空气的手绢擦拭眼泪。

夏天啊，让我看看你的双手：
可是，这鲜血
流自哪里？

是的，
我喜欢云彩的欲望，
胜过河流的美德。

在晴朗的夏夜，
我曾对照我的掌纹
解读星辰；
有个朋友跟我捣乱，
他对照着星辰解读掌纹。

那时我们没有问：
“哪一种解读更接近科学？”
我们问的是：
“哪一种解读更接近诗歌？”
朋友说：“诗歌就是自然。”
我说：“诗歌，是自然衣服上无形的幽冥。”

夏天
抓着海的手，
教导它如何同沙子握手。

忧伤曾是海滩的芳香，
在夏日的海浪来临之前。

你该深入到夏天的形式中，
如果你想谈论意义的秋天。

季节撬动你的身体，
夏天便是撬杠。

二

在农村流传着一个神话，
说夏夜会变身为一个巫师，
他光着脑袋在村里出现，
成天都在数着星星，
捡拾陨石。

夏天，
我把脸朝向大海，
我仿佛觉得：
我的身体
是没有岸陆的一排排浪；
我仿佛在对想象低语：
你是我的双数，
也是我的复数。

太阳裸露着，在我家门前伸着懒腰，
无花果树羞愧的影子，

徒劳地想遮起太阳的双乳。
告诉我，我的身体：
这一刻，是谁俘虏了你？

夏天说：
让我伤心的是 ——
有人总说
春天不懂得忧伤。

夏季的太阳坐在树下，
乞讨着微风。

窗 户

远行用自己的手帕
遮住窗户的脸。

她愿望的空气
在书写信件，
却难以送达他的窗户。

她说：
我的窗口只能照进一个太阳，
这不够。

风从她的窗前经过，
赤着脚，低垂着头，
它是来自忧伤的国度吗？

他不臣服于任何权势，
是否因此，
他的头脑里布满窗户？

窗 ——
培育天际的学校。

如果我家窗户动了下右手，
做了个手势，
那是为了向翅膀的骰子致意。

风和记忆凝为一体 ——
一个蒸馏瓶，
用于试验窗的化学。

她站在窗边，
跟四月的月亮面对面，
然后按照风的习俗，
向月亮朗诵爱情的传奇。

窗——
房间的迷途，
目光的迷途。

从我的窗口，飘出
一些气息
平静的风暴；
一些气息
窗户的森林
向着天宇生长。

透过她的窗口，
我看到时间成为碎片，
盈满星辰和星辰的学问，
那里的欲望不愿隐身，
云朵和火山在其中相会。

在她家中，
有一些翅膀形状的枕头，

每个晚上都越窗而出，
去聆听夜的脚步。

窗——
一片天空，
我投身于它高高的怀抱。

从她窗口，
我看见树木
披戴布满窟窿的透明衣裳；
树木是否
也住进了云的宅邸？

夜晚，
一只蝴蝶
从我半开的窗户飞进；
不是来探访我，
也不会聆听我，
它围着我家电灯痴迷地旋舞，
仿佛非要我

注视它如何穿过光的唇齿，
去和火焰合一。

那个时辰，
当夜晚登上天空的楼梯，
经过我的窗前，
将它包围，抚摸窗棂，
我正在阅读流星的传记，
并摆放从时间之树
掉落的干枯树皮。

这扇窗户，
为什么总是诱惑我
把田野当作一场婚宴，
把云彩视为爱的床笫？

窗户 ——
在它张开的怀抱里，
有一场从不停息的决斗，
在黑暗和阳光之间，石头和尘土之间，

在被它视为火花的那些生物
和被它视为杯盏和花冠的生物之间，
在它看来有着躯体的抽象事物
和明明有着具象 ——
却说：不，我的衣裳只是光明
—— 的事物之间。
窗户的怀抱啊，
你是对的，
眼睛犯下的错误数不胜数！

历史 ——
一道厚帘，
遮住我的窗户。

窗户 ——
激发相思的兴奋剂。

光凭借太阳的灵感
去书写她的窗户；
白昼凭借黑夜的灵感

去阅读窗户。

我应该为每一扇窗户，
打开数不清的窗户。

许多次，
我发现我的往昔岁月
靠着窗口，
在我床头端坐 ——
不是为了阅读天际，
而是为了确认
自己和云彩相像。

窗户 ——
一个脸颊对着影子，
一个脸颊朝向太阳。
窗户 ——
心在告别，
双臂在欢迎。

她的窗户没有影子，
是否因为它在模仿太阳?

也许他的伤口
是矗立于他和世界之间
最高的窗户。

在他窗的两岸
挤满了梦的舟楫，
尚未摆脱
远行的劳顿，
归乡的疲倦。

窗户 ——
用以阅读光明的
空间之躯的伤口。
它是让人期待的唯一窗口吗?

窗户 ——
会呼吸的肺。

窗户 ——
在远处向我示意的枣椰树。
可是，枣椰树，
我们之间隔着天空
我怎么向你走去？

我不记得我曾见过
天空的肚脐眼，
除非是在我的窗口。

岁月 ——
在窗户的大漠里
永远来来往往的驼队。

用什么样的火焰，
我能说服语言的圆规，
在这令人窒息的永恒墙壁上，
描画窗户？

流亡地写作的日子

起来，告诉你的日子：
“你的脸是一首歌，
我的身体是歌词的字母。”

你的日子起床了，
脱下衣服，披戴你的细胞 ——
忧伤的洪水几乎将它席卷，
冲刷城市的街道。

我的日子是个译员，
他为什么译不出
我和时光之间的对话？

我的日子疯了吗？

我听到它和油灯的对话 ——
它说:
“用不了多久
我会假托飞蛾的身体
来做你的客人。”

我如何对我的日子说:
“我住在你那里，却未曾抚摸你,
我周游了你的疆域，却未曾见过你？”

但愿我能够
将岁月播撒在田野,
犹如播撒麦子。

黑暗，但不是夜晚;
光明，但不是白昼;
我的日子是裸露的,
却不知如何编织自己的衣衫。

如果太阳打听我的日子,

我只会在夜晚作答。

犹如一朵朵玫瑰，
世界在这日子的花园里凋零。

你为什么向我打听那个日子？
我不是说过我写了？
我的写作曾是自由的，
但它像一块石头，
从语言的巅峰滚落，
被话语之剑击打。

我释放了我的日子，
在它头上裹起农民的头巾，
任由它在城市的街巷漫游。

明天，正如医生所言，
我身体的日子，将始于
紫外线的拥抱；
从此以后，

我想象我的身体
如何描绘，
通向白色玫瑰的道路。

我尚未理解那朵玫瑰
和我的日子交谈的话语。
我的日子把玫瑰
贴近自己的左脸颊。

是谁在传述
据说是我说过的话：
“日子犹如人类，
也在互相吞噬？”

这样的日子真是奇怪 ——
在它的齿间，
约拿和鲸鱼①在翻滚；

① 根据《圣经》传说，先知约拿违背神的旨意，神为惩罚他，让一条鲸鱼将他吞进腹中。约拿在鱼腹中向神悔改祷告，神遂令鲸鱼把他吐出，约拿得以再生。

似乎它的皮囊里，
塞满了死者的头颅。

日子，
成群结队的生物，
拄着空气的拐杖。

今天，
我看到时光行进，
犹如蜘蛛的大军。
城市的智者为它不眠，
给它喂食乌鸦的脑髓，
训练它进入各种辞典。

日子 ——
苔藓的空间，
无声无息，除了距离在呻吟。

日子 ——
空无一物，空无一人，

我不彷徨，我不抱怨。

日子 ——
它炽烈的太阳，
犹如第二种语言，
属于夜间的另一个夜晚。

倘若我的日子
喜欢在寒冷的疆域旅行，
那倒不是为了
更好地了解温暖的领地。

日子，
是清洗大地的雨。
那么，为什么，来自哪里
这厚厚的灰尘的帷幕
遮挡着日子的脸？

日子，
犹如一个农场，

狐狸进去了，出来时
变成一群啼鸣的公鸡，
在露天的鸡场长大。

带走这具尸体，
不要问这是谁的尸体，
不要提及任何人的名字，
但是，用它提醒
那些沉默世家的子嗣们，
然后，把它搁上担架
一起扔进“今日”的坟场。

日子——
一块狡猾的岩石，
被诗歌的羚羊用犄角顶撞。

“今日”过去了，
没有拍打任何人的肩膀，
没有对任何人示意；
只有孩子们

在它的背上翻滚，
在玩弄一个名叫“太阳”的圆球。

突然，
罗网的线绳断了，
那是我准备了
撒入“今日”之湖的罗网。

日子的窗户，
不停地化身为
日子的沙漠。

日子——
纸做的羊群，
关在“今日”的栅栏里。

从“今日”最狭窄的峡道，
我穿过
嘴巴和脑髓汇成的洪流，
对于其间的恐怖，

我欲语还休，
最不堪者，莫过于
爬行于舌头的蠕虫。

爱情——
一只鸟儿
从“今日”的手掌里溜出。

日子——
扼住“今日”喉咙的屠夫。

日子的生客，
聚集在关隘和山谷，
准备流向
去向不明的河口。

日子——
如同一根芦苇，
时间的蚂蚁在上面爬行。

日子 ——
用罂粟的爪子，
挠着自己的皮肤。

日子 ——
私密的，
亲切的，
属于我一人。
是否因此，我在其中看见了众生？

出于爱情知道的某个原因，
“今日”无法
写出一行文字，
写进它和风合著的作品。

日子 ——
憔悴而脆弱，
被忧伤之手切割，
一如丝线被切断。

我醒来，走出家门，
见我所见，
我返回。

我的日子是缓缓的，
缓缓的，
未能登上
它的欲望的山峰。

我不用“今日”的眼睛观察，
不用“今日”的耳朵听闻，
也不追随“今日”的脚步。
你们爱说什么都行，
你们这些在“今日”的床榻上
站着或坐着的人们！

只有风的雕塑，
才配得上“今日”的博物馆。

今天，

我看见太阳
正在清洗日子的伤口。

日子——
光的记事簿上又一个错误。

我现在明白了：
为什么那个日子，
不过是献给豺狼节日的
祭品——
羚羊和牛。

灯

你永远正确，
这恰恰是不正确。

他和夜晚爽约，
等待白昼的约会；
他和白昼爽约，
等待夜晚的约会——
仿佛他宁愿
居住在一个
名为“等待”的国度。

时代——
一个儿童在宣讲
如何遗忘乳房。

你不会见到
犹如土地那样
伸开的手掌，
张开的怀抱。

我的翅膀之末
是我的脚步之初，
是否因此，
我总能超越现实？

一个富有爱心的民族——
它唯独钟爱
死去的子嗣——
一个忠诚于坟墓的民族。

这是怎样的“人”——
只有在他身上
我们才能发现“非人”？

他们在徘徊中度过一生：
徘徊于
任何一道光都照不进的屋子
和不能照耀他们
进入任何一间屋子的
光明之间。

他属于一个国家，
却无法在其中居住；
他居住在一个国家，
却无法归属其中。
他的名字是“罪过”，
犹如一颗石子
在历史的脸上滚动。

每一部伟大的作品，
总能同时催生
秩序与混乱。

他每次旅行，

在他前方
都有更多的死路出现。

大地，
犹如一位女性，
对着一面破碎的镜子自照。

快乐降临于我
成群结队；
不过，
只在我的幻想中行进。

评判的嗜好，
也为各种嗜好的评判
打开了大门。

我的祖国和我
身披同一具枷锁，
我如何能同祖国分开？
我如何能不爱祖国？

我不喜欢成功，
我喜欢通向成功的道路。

通常，
语言的简单
和简朴的语言并无关系。

他谈论着翅膀，
可他的话语里
只有枷锁。

祖国 ——
其中的牢狱，
始于国歌。

我对物的了解
愈多，
我对人的爱
愈深。

言语的空间
受多大约束，
存在的空间
就有多么狭窄。

你真正的凯旋，
在于你不断地毁坏
你的凯旋门。

流星的传说

这个瞬间多么美妙：
我身上燃起的一团烈火，
从古老的火山口升腾。

不必让诗歌脱口成章，
让你的愿望信马由缰。

历史，
只有通过凶残的语言才能呈现。

每当我试图抓住
白日之手，
夜晚之手先把我抓住。

为了解开我身上
绝望的捆绑，
我在时光的腰间
系上永恒的呓语。

这里的雪真是奇怪 ——
用温暖的墨水
书写大地。

他的日子结束了，
可他尚未在太空的手掌
阅读自己的运气；
他的思想和生命
来自流星的传说。

我不会听从你，
我无法低垂；
高昂，
是执掌我肢体的主人。

城市 ——
一扇扇门窗
在互相窥视，
在暗中拥抱。

心灵的风暴，
隐匿于
身体的沟壑之下。

历史，
被虚幻的粉笔书写：
白昼尚未成熟，
黑夜只煮了一半。

城市 ——
街道的乳房在丰沛地产乳，
只不过流出的是鲜血，
而天空便是容器。

城市 ——

虔敬的天使
在行人的上方搏斗；
在他们脚下，
我看到一位天使
在残杀邻家的儿童；
搁置于角落的炉子，
散发出时代的气味，
其中炙烤的，
唯有尸体，
唯有苍天。

城市 ——
钢铁和教谕砌成城墙，
城门用口水清洗；
城市的身体
从头顶到脚底，
布满蜡烛的博物馆；
有一些源泉，
却无法从中汲水。
瞧，爱恋城市的那位被逐者，

那位魔术师，
支起了蒸馏瓶，
所到之处，
他都要清洁空气。

在意义丛林旅行的向导

什么是道路？
启程的宣言
写在一页叫作泥土的纸上。

什么是树？
绿色的湖泊，波浪是风。

什么是空气？
灵魂，不愿在身体内
落户。

什么是镜子？
第二张脸，
第三只眼睛。

什么是神圣?
一副面具,
用以称颂被玷污的事物。

什么是死亡?
在女人的子宫
和大地的子宫间
运行的班车。

什么是彩虹?
云彩的身体
和太阳的身体
在大地的身体之上
折腰相拥。

什么是波浪?
在大海的屏幕之上
浮动的画面。

什么是岸？
波涛休息的枕头。

什么是星星？
一本书，
最美的是书的封面。

什么是老年？
朝着两个方向生长的禾苗——
童年的黎明，
死亡的夜晚。

什么是夜色？
孕育太阳的子宫。

什么是流星？
飞出的箭矢，
只为实现一个目标——
粉碎并且死亡。

什么是日落?
从太阳身上
滑落的汗水。

什么是诗篇?
女童
在不停地
吮吸母乳。

什么是梦?
现实升起来
以便配得上幻想。

什么是幸福?
墓碑,
矗立在语言边际的墓地。

什么是希望?
用生命的语言
描述死亡。

什么是绝望？
用死亡的语言
描述生命。

什么是泥土？
肉体的未来。

什么是黄昏？
诀别词。

什么是眼泪？
身体输掉的战争。

什么是回声？
行走累垮的身体 ——
正在消失，
已经消失。

什么是尘土？

风的死对头和最强劲的竞争者。

什么是床?
夜晚
在夜晚的内部。

什么是地平线?
无止境的活动的天空。

什么是偶然?
风之树的果实
掉在你手中,
你却浑然不知。

什么是玫瑰?
为了被斩首而生长的头颅。

什么是真相?
让你描绘水的面孔
或是光的脸庞。

什么是来世？
我们喜欢见识的房子，
却不愿在其中居住。

什么是天空？
你刚刚登上
却突然破碎的梯子。

什么是夜晚？
太阳蒙脸的面罩。

什么是美？
一种形式，
你在它后面会发现奥秘，
有时还会发现上帝。

什么是无意义？
流行最广的一种病症。

什么是存在?
总需要重新审视的
那种东西。

什么是现实?
语言之河的
沉积物。

什么是贫穷?
在大地上移动的坟墓。

什么是友谊?
第二个太阳。

什么是臆想?
手,
为暧昧的身体把脉。

什么是夜晚?
出售星辰之书的书商。

什么是祈祷?
话语之水
蒸发而成空中之云。

什么是眼泪?
最明亮的镜子。

什么是月亮?
太阳的忠实侍者。

什么是绝对?
大脑来了月经。

什么是裸露?
身体的开端。

什么是痕迹?
停止行走的脚步。

什么是记忆?
一所房子
只适合已逝的事物居住。

什么是诗歌?
远航的船只
没有码头。

什么是枕头?
夜之梯的第一阶。

什么是失败?
人生湖泊上
漂浮的水藻。

什么是人生?
朝着黄昏
不停地行走。

什么是混乱?

身体之夜的另一种秩序。

什么是幻想?
现实的香气。

什么是历史?
瞎眼的敲鼓人。

什么是雨?
从乌云的列车上
下来的最后一位旅客。

什么是脸庞?
眼泪迁徙
途经的最近港湾。

什么是白昼?
囚禁阳光的最大的笼子。

什么是沙漠?

一位女巫
在不停地阅读沙砾。

什么是沙?
一位读者
总是在阅读同一本小说 —— 风。

什么是秘密?
一扇紧闭的门,
一打开就会破碎。

什么是叫喊?
声音长了锈。

什么是尘土?
从大地的肺里发出的叹息。

什么是手指?
身体汪洋最初的海岸。

什么是翅膀?
天空耳畔的一句低语。

什么是笼子?
满满的空。

什么是忧愁?
黄昏,
降临在身体的天空。

什么是幸运?
时间手中的骰子。

什么是梦想?
一个不停地叩打
现实之门的饿汉。

什么是忧伤?
一个单词
被欢乐的字典错误地舍弃。

什么是意外?
飞鸟
逃脱了现实的牢笼。

什么是祖国?
躺在语言长椅上的身体。

什么是语言?
列车,
同时又是道路、旅程和抵达。

什么是河流?
大地在双乳间
或是肚脐下
安放的床。

什么是花园?
一位女诗人,
在沉睡中作诗,

在静默中吟诵。

什么是中心？
一切边缘的边缘。

什么是确信？
做出不需要知识的决定。

什么是时光？
我们穿上的衣服，
却再也脱不下来。

什么是直线？
看不见的曲线的汇合。

什么是海市蜃楼？
太阳穿着沙的衣裳
却要模仿水。

什么是水？

火的地狱。

什么是肚脐眼?
两个天堂之间的中途。

什么是吻?
有形的采撷者
采摘无形的果实。

什么是焦虑?
褶子和皱纹
在神经的丝绸上。

什么是隐喻?
在词语的胸中
扑扇的翅膀。

什么是创新?
偶然之手佩戴的戒指。

什么是拥抱?

两者间的第三者。

什么是意义?

无意义的开始

与终结。